DANS LA SÉRIE TENDRE VOYOU

TABLEAU DES PERSONNAGES

DANS LA SÉRIE À SUCCÈS TENDRE VOYOU / 6 TOMES DÉJÀ PARUS

Tendre voyou

TENDRE VOYOU 7, CHAPITRE 1

EN GÉNÉRAL, PENDANT LA PAUSE DÉJEUNER...
Accès au toit interdit aux élèves
JE VAIS SUR LE TOIT, OÙ LES ÉLÈVES N'ONT PAS LE DROIT D'ALLER.
TAP
MAIS...
C'EST PAS POUR Y FAIRE LA SIESTE...
... EST-CE QU'IL EST LÀ... ?
TAP

CLAC
TIENS ?
IL EST PAS LÀ ?
COLLÉ
POUING
……
HMM…
GWIP
AH…
IL A PEUT-ÊTRE CE TRUC ?

ENCORE LE CONSEIL DES ÉLÈVES...
VIUM
GRIP
QUIII C'EST ?
HYAH ?!
GLOUPS
FLAH
!!
POUF
HOULÀ...

JE NE PENSAIS PAS QUE TU SERAIS SI SURPRIS !
FWAP
MIKADO SHIRAHANE, DE LA CLASSE SPÉCIALE D'ÉLITE...
ALLER LE RETROUVER...
FAIT PARTIE DE MON QUOTIDIEN.
BODOM
TU ME PARDONNES ?
......
... LE PRÉSIDENT DU CONSEIL DES ÉLÈVES.
TOWA.
... OU...
OUAIS...

... ET PUIS, ON AVAIT PRÉVU DE RENTRER ENSEMBLE...
MAIS J'AI UN EMPÊCHE-MENT.
CAR
ON DOIT ALLER EN RÉUNION.
SSS
ALORS ...
... IL...
IL EST PRÈS...
TROP PRÈS... !
UP
CATCH
FRITCH
H...
... HUMPF ... ?
J'M'EN FICHE, MAIS QU'IL ARRÊTE AVEC CETTE POSITION !
J'suis pas à l'aise...
J'SAIS PAS POURQUOI...
J'AI BEAU AVOIR DÉJÀ VU LE VISAGE DE MIKADO DE PRÈS...
JE M'Y FAIS VRAIMENT PAS...
PRESS
!

«HUMPF» ...
C'EST TOUT ?
GLOUPS
JE VOUDRAIS QUE TU SOIS PLUS DÉÇU !
ME CARESSE PAS LA JOUE... !
Ah !
!!
C'EST PLUTÔT LE CONTRAIRE.
SMACK
BLUUUSH
!!
SÉ...
SÉRIEU-SEMENT... A... ARRÊTE !!
FF
FF
......
PUSH

FFF
JE TE TROUVE UN PEU FROID, TOWA... !
TCHIC
BODOM
......
... BAH, PEU IMPORTE.
CLIC
ガラ
RLAN
TU PEUX AU MOINS DISCUTER AVEC MOI, HEIN ?!
SOURIRE
IL FAIT DOUX. Y'A DU SOLEIL !
... TU VIENS ?

... C'EST QUOI...
CETTE SENSATION... ?
DIS...
À L'INSTANT, TU PENSAIS À TON PRÉSIDENT, N'EST-CE PAS ?
Ça se voit !
HEIN ?!
OUPS
MAIS... MAIS PAS DU TOUT !!
TCHAAH
C'est quoi cette pose... ?
* LA PETITE NIGAUDE

PFF
BAH, ÇA M'INTÉRESSE PAS VRAIMENT... JE M'EN FICHE DE ÇA.
HEIN ?
... SEULEMENT !
GRAC
ZWIP
MÊME PAR ERREUR, NE LAISSE RIEN ÉCHAPPER « LÀ-DESSUS », COMPRIS ?!
QUOI ?
Fais pas ça... !
SUR LE JOB
QU'ON FAIT TOUS LES DEUX !
AU LYCÉE, C'EST INTERDIT D'EN AVOIR UN...
ON RISQUE DES ENNUIS !
... D'AC-CORD !
CES DERNIERS TEMPS...
J'AI COMMENCÉ UN PETIT BOULOT.
Towa ! Yo !
J'ai fait des pancakes ! Venez !
On arrive !
Quoi ?
On vient de dîner...

LE SOIR, TROIS FOIS PAR SEMAINE, DANS UNE SUPÉRETTE DU QUARTIER.
YÛ A COMMENCÉ POUR GAGNER DE L'ARGENT DE POCHE... ET MOI J'EN AI PROFITÉ POUR FAIRE PAREIL.
Bienvenue !
Ensuite...
Euh... Après, porter ça...
C'était quoi, déjà ?
... PARCE QUE, BON...
C'est ta deuxième assiette...
Yû, dis-le si tu en veux encore, toi aussi.
SI JE ME METS À COGITER... JE PENSE À CE QUI SE PASSE AVEC MIKADO... !
MIAM
SI J'ÉTAIS UNE FILLE...
ON AURAIT UNE RELATION PLUS NORMALE...

JE SAIS PAS TROP, MAIS ENTRE GARÇONS...
COMMENT ÇA PEUT SE CONCLURE ?
ÇA SERA TOUJOURS COMME ÇA...
ENTRE NOUS... ?
... TOUJOURS ...
CRONCH
COMME MAINTENANT... AMBIGU...
!...
TIENS ?
MON CŒUR SE GLACE...
TOWA ! YÛ !
VOUS VOUS SOUVENEZ QU'ON VA AU RESTAURANT VENDREDI PROCHAIN ?
......
FIUUU
AH !
C'EST TON ANNIVERSAIRE, HEIN, HISA ! J'AI ARRANGÉ NOS HORAIRES DE TRAVAIL !
Rassure-toi !
OUF
Vraiment ?!
SUPER !
Hum... Ça m'inquiète beaucoup que Towa travaille ! Mais bon, tu es là YÛ, et ça lui apprendra la vie...
......
CHUCHOTE
CHUCHOTE

MURMURE
TOWA ...
Hmm ?
FAIS EN SORTE QU'HISA NE DÉCOUVRE PAS QUE TON LYCÉE INTERDIT LES PETITS BOULOTS !
Il s'inquièterait !
OUAH... ! ÉVIDEMMENT, KUON ÉTAIT AU COURANT... !
GLOUPS
AU FAIT...
VENDREDI, JE PEUX INVITER MIKADO ?
TCHAC
PAS QUES-TION !
... SINON JE VAIS PLEU-RER !!!
C'est déjà fait.
Hein ?
POUR... POUR-QUOI ?
IL EST VRAIMENT NAÏF... !

J'EN PARLERAI À MIKADO...
DEUXIÈME ANNÉE - RÉSULTATS DU TEST DE CAPACITÉ
RANG NOM
1 MIKADO SHIRAHANE
2 SHOJI YUKIMURA
3 IKEGAMI
4
5
6
HALLUCINANT... IL A PRESQUE LA NOTE MAXIMALE.
Ah ! le binoclard malfaisant est deuxième.
BLA
BLA
Pas croyable ! Encore ces deux-là !
C'est comme ça depuis la première année !
BLA
BLA
... IL EST VRAIMENT PARFAIT, MIKADO...
AH !
REGARDE, SHIRAHANE ! TU ES ENCORE PREMIER !
!!
BODOM

T'as de bons yeux...
10 sur 10.
!!
FWAP
E...
EUH...
VUSHH
D... Dis, toi...
......
TIENS ?
POUR...
BODOM
BODOM
POURQUOI JE ME CACHE... ?
BODOM
TU VOIS ! TOI ET YUKIMURA VOUS ÊTES ENCORE 1ER ET 2E !
YUKI... ÉTERNEL SECOND...
SHI-RA-HANE...
BODOM
BODOM

NE DIS PAS ÇA DEVANT LUI, HEIN ?! IL SE FÂCHERAIT.
.....
Pff...
C'EST BON... LA COLÈRE LE REND ENCORE PLUS DRÔLE.
HÉ OH...
... HUMPF ...
ILS S'ENTENDENT BIEN...
DIS, TU POURRAIS M'ACCOMPAGNER POUR CHOISIR DES MANUELS ?
IL EST COMME ÇA AVEC SES COPAINS DE CLASSE... ?
IL N'A PAS DU TOUT L'AIR DISTANT...
D'ACCORD...
GRR
....
TIENS ?
AÏE !
OUILLE !
TU ME FAIS MAL !
GNNN
GRIP

C'EST BIZARRE QUE ÇA M'ÉNERVE...
NON... ?
MAIS À CAUSE DU CONSEIL DES ÉLÈVES, JE N'AURAI PAS LE TEMPS LES PROCHAINS JOURS.
ALORS...
POURQUOI PAS VENDREDI ?
!!
VENDREDI !
BOM
HORS DE QUES-TION... !

C'EST HORS...
!...
HA !
AH !
... TOWA ?
GLOUPS
?
POURQUOI ES-TU DEVANT LE PANNEAU DES DEUXIÈMES ANNÉES ?
EUH ?!
ÇA M'A ÉCHAPPÉ !!
... QU'EST-CE QU'IL Y A ?

TU TREMBLES... TU NE TE SENS PAS BIEN ?
BLUUUSH
OUAH ...
... AH...
OUAH ...!
... UH...
JE...
... RIEN...

J'AI...
... J'AI RIEN DU TOUT !!
... CE... C'ÉTAIT QUOI, ÇA... ?
......
TU LE CONNAIS ? IL EST TOUJOURS COMME ÇA ?

... NON...
... C'EST VRAI ...
CES DERNIERS TEMPS... IL EST BIZARRE.
ALORS QU'AVANT ...
MÊME S'IL N'AVAIT PAS L'HABITUDE, IL ME LAISSAIT L'ENLACER...

MAIN-TE-NANT...
QUAND ON EST ENSEMBLE, IL A L'AIR SUPER GÊNÉ...
... PRÉSI-DENT !
JE PEUX VOUS PARLER ?
CONSEIL DES ÉLÈVES
EH BIEN...
IL PARAÎT QUE LA RÉUNION D'AUJOURD'HUI A ÉTÉ DEMANDÉE PAR LE COMITÉ DE DISCIPLINE...
... EN EFFET.

À CE SUJET…
VOICI LA BOÎTE AUX SUGGESTIONS QUI A ÉTÉ INSTALLÉE…
POUR RECUEILLIR LES DÉNONCIATIONS… OU PLUTÔT… LES RÉCLAMATIONS DES ÉLÈVES…
Elle est à l'essai.
QUI PERD SON TEMPS À… QUI A EU CETTE IDÉE ?
C'EST… C'EST LE VICE-PRÉSIDENT YUKIMURA…
GLOUPS
ÉVIDEMMENT !
GLOUPS
AH !
NOUS AVONS RANGÉ LES LETTRES QUE NOUS AVONS REÇUES POUR L'INSTANT… TENEZ !
SWIP
……
FLAP
IL Y A AUSSI DES RAPPORTS SUR LES INFRACTIONS AU RÈGLEMENT…
COMME SUR LES ÉTUDIANTS QUI ONT UN JOB…

LE… LE COMITÉ DE DISCIPLINE EN PARLERA À LA RÉUNION… ALORS, NOUS AVONS PENSÉ QUE…
… EUH… IL VALAIT MIEUX LE SAVOIR AU PRÉALABLE…
C'est ce que nous nous sommes dit… !
Oui…
……
PAF
… EN-TENDU.
… C'EST MOI QUI TRANS-METTRAI ÇA À YUKI.
Ah ! OUI !
EUH… AU FAIT, OÙ EST MON-SIEUR YU-KIMURA ?
Il est introuvable…
Irie
QUI SAIT… ?
IL N'AURAIT PAS UN RENDEZ-VOUS SECRET QUELQUE PART ?
QUOI ?!
ふら…
FLAH
CRITCH
……
FLAH

FLAH
QU'EST-CE QUE J'AI, MOI ?
QU'EST-CE QUI M'ARRIVE ?!
....
ばっ
FWAP
MIKADO NE FAISAIT QUE PARLER AVEC QUELQU'UN DE SA CLASSE !!
ME METTRE EN ROGNE POUR UN TRUC PAREIL... !!
C'EST N'IMPORTE QUOI !
ズキ
SCHTAK
C'ÉTAIT SÛREMENT JUSTE UN DE SES POTES !
Hein ?
JE NE CONNAISSAIS QUE LE BINOCLARD MALFAISANT...
ズキ
SCHTAK
SCHTAK
ズキ
IL DOIT AVOIR DES AMIS, FILLES ET GARÇONS...
SCHTAK
....

... POUR LES FILLES ...
ズ
SCHTAK
JE... SUIS PAS TROP... D'ACCORD...
!...
AH !
... TIENS ?
CE...
ÇA... C'EST ...
« DIS, GRAND FRÈRE KÛ ! »
« POURQUOI ON PEUT SE MARIER QU'AVEC UNE SEULE PERSONNE ? »
« QUAND CELLE QU'ON AIME EST AVEC QUELQU'UN D'AUTRE, ON EST EN COLÈRE, NON... ? C'EST PARCE QUE LES GENS SONT JALOUX ! »
« DIS DONC ! SI TU LUI RÉPONDS COMME ÇA, IL NE VA PAS COMPRENDRE ! »
EXPLICATION FASTIDIEUSE
C'est un peu déplacé.
Oui ! Oui !
«JALOUX... OUI ! J'AI COMPRIS !»
OH ! OH ! OH ! OH !
Quel génie, cet enfant !!

JA-LOUX... ?
FLAH
... NON ! NON ! NON !
ON EST DES GARÇONS... ! C'EST IMPOSSIBLE...
CRITCH

UH...
HMM ... !
H... HÉ...
ARRÊ-TE...
MMM...

UH...
SHINO... NOME... !
ÇA... SUF...
... FIT ...
FF

QUE… QUE… QUE… QU'EST-CE QUE VOUS FAITES, VOUS DEUX !?!
あばばばばば
AHHHHHHHHH
ひぃぃぃ
OUAAA AAAH !! AIKAWAA !?!
ET MER-DE… !
EN… ENFOIRÉÉÉ !! JE T'AVAIS BIEN DIT D'ARRÊTER !!
CRÈVE 300 MILLIONS DE FOIS !!
SBIM
ABRUTI !! ABRUTI !! ABRUTI !!!
SBAM
C'EST PARCE QUE T'ES TOUJOURS EN RUT !
AÏE ! OUILLE !
J'SUIS DÉSOLÉ ! TU ME FAIS MAL, MON PETIT YUKI !
ATTENDEZ UN PEU.
PI

MI...
MINUTE ! ÇA VEUT DIRE QUOI, ÇA ?!
EH BEN VOILÀ !
ON SORT ENSEMBLE TOUS LES DEUX !
GRIP
C'EST MON «PETIT AMI» !
... LÂCHE-MOI !
....
... C'EST VRAI !
QUOI ?
MAIS «PETIT AMI», ON DIT ÇA ENTRE UN GARÇON ET UNE FILLE, NON... ?
PARCE QUE MOI...
... LES GARÇONS NE PEUVENT PAS SORTIR ENSEMBLE, NON ?
JE RÉFLÉCHIS BEAUCOUP À ÇA...
HEIN ... ?!

SORTIR ENSEMBLE OU PAS, ÇA DÉPEND DES INTÉRESSÉS.
IL N'Y A PAS DE RÈGLE POUR DEVENIR DES «PETITS AMIS» !
PETITS...
DES PE...
...AMIS... ?!
BODOM

TENDRE VOYOU 7, CHAPITRE 2

……
«NOUS, LE COMITÉ DE DISCIPLINE, ENTENDONS BEAUCOUP PARLER...
CONSEIL DES ÉLÈVES
DES ÉLÈVES SURPRIS EN TRAIN DE TRAVAILLER...»
«S'IL Y A UNE CHOSE SUR LAQUELLE NOUS POUVONS AGIR DANS LE CONSEIL DES ÉLÈVES...
C'EST LÀ-DESSUS QUE NOUS SOUHAITERIONS ATTIRER VOTRE ATTENTION.»
«... NOUS VOUS PRIONS...»

«DE PRENDRE DES MESURES SÉVÈRES, DIGNES DU CONSEIL, ET...»
......
PILI
TOWA AIKAWA
YÛ KASHIWAGI
... TOWA...
FLAP
ÉLÈVES QUI TRAVAILLENT
POURQUOI...
A-T-IL COMMENCÉ UN PETIT BOULOT... ?
BIBLIOTHÈQUE
IL PARAÎT QUE LE PRÉCÉDENT CONSEIL ÉTAIT DÉJÀ EN DÉSACCORD AVEC LE COMITÉ DE DISCIPLINE.
NOS RELATIONS SONT TOUJOURS MAUVAISES.

PPPF
AH BON ?
APPAREMMENT, CE CONSEIL DES ÉLÈVES ÉTAIT VRAIMENT NÉGLIGENT...
TOC TOC TOC
MARMONNE
À LA RÉUNION D'HIER, ILS NOUS L'ONT ENCORE RAPPELÉ. ALORS, JE SUIS TRÈS ÉNERVÉ...
MARMONNE
VRAI... VRAI-MENT... ?
Ça a dû être dur.
HUMPF
TANT QU'ON SERA LÀ, MIKADO ET MOI, ON NE LEUR DONNERA PAS L'OCCASION D'INTERVENIR !
YUKIMURA... ON EST EN SALLE D'ÉTUDE. FAIS MOINS DE BRUIT...
JE M'EN FICHE.
FWIP
KLAN

IL A SPORT À CETTE HEURE-CI... ?
TOWA...
IL A L'AIR EN FORME...
SEULS LES RÉFLEXES SONT BONS CHEZ TOI, AIKAWA !
TAP TAP TAP
HÉ ! HÉ ! TU ME GÊNES !
HE HE ! HE !
IL N'A PAS L'AIR BIZARRE...
POUR LE «SEUL», TU DEVRAIS TE METTRE EN ROGNE !
Oh !
PAF
Ah !!
Ha ! Ha ! Ha ! Ha ! Ha ! Quelle passoire !
BOUM
... T'es super lourd !! M'écrase pas !
Aïe !!
MAIS...
Ne le maltraite pas trop, Kashiwagi !
DANS CE CAS...
QUE SIGNIFIE SON ATTITUDE ENVERS MOI ?

DEPUIS NOTRE PREMIÈRE RENCONTRE...
JE SUIS IMPRESSIONNÉ PAR L'INSOUCIANCE DE SON SOURIRE...
... J'AI ÉTÉ TROP AUTO-RITAIRE... ?
... N'EMPÊCHE... J'AI TOUJOURS ENVIE DE LE TAQUINER...
DEPUIS, IL JOUE LES BRUTES.
JE N'AVAIS PAS CE GENRE DE PERSONNE DANS MON ENTOURAGE...
SLURP

ALORS...
JE LE TROUVE MIGNON...
IL EST À MOI...
JE VEUX PRENDRE SOIN DE LUI...
ET ÊTRE GENTIL AVEC LUI...
DE SA TÊTE...
À LA POINTE DE SES PIEDS...
ARGH !
MA CROÛTE EST TOMBÉE !!
PFF
T'ES TROP ÂGÉ POUR TE BLESSER TOUT LE TEMPS !
J'ME SUIS FAIT ÇA QUAND TU M'AS FAIT TOMBER DU LIT À COUPS DE PIEDS HIER SOIR !!
GRR
DU LIT ?
HIER SOIR ?
ÉCOUTE ! J'AI DES PANSEMENTS DANS MON SAC !
HEIN ?!
LICK
T'AS DES TRUCS PAREILS, SHINONOME ? C'EST ÉTONNANT !!
ABRUTI ! QUAND UN MEC A DES CLOQUES, IL EN A !
Bosse plus !
......
Quoi ?

......
M... MAIS, ENFIN...
CHUCHOTE
HMM ?
DANS TON CAS, MÊME SI T'EN AS... EUH... DIS... ?
Tu vois...
AVEC UN MEC COMME PARTENAIRE...
ぽっ
GRASP
Mff !
!!
MURMURE
AIKAWA...
TU PARLES PAS DU TRUC D'HIER À KASHIWAGI, OK ?!
MFF... !
PARCE QUE C'EST SÛR QU'IL VA S'AMUSER À ME CHAMBRER.
VOUI
VOUI
VOUI
Quoi ?! De quoi vous parlez ?
De rien !
Allez ! On y va, Aikawa !
IL LE COLLE TROP, LÀ... !
ムカ
GRR
GRR
ムカ
B... Bon, je vais récupérer un pansement !

…
Ah !
Il s'enfuit !
… FFFF …
VESTIAIRE DES GARÇONS
……
FLAF
… POURQUOI JE ME TRACASSE POUR ÇA, MOI… ? APRÈS TOUT, SHINONOME S'AFFICHE CARRÉMENT TROP !

... MAIS...
«ON SORT ENSEMBLE TOUS LES DEUX !
C'EST MON "PETIT AMI" !»
BLUUUSH
SON PETIT AMI... ?
ALORS, C'EST POSSIBLE DE SORTIR ENSEMBLE ENTRE GARÇONS...
GNN
BODOM
POF
HUH... !
BOM
AAARGH !! NON ! NON ! ET NON !
QUAND JE VERRAI MIKADO, JE VAIS ENCORE PLUS Y PENSER !!
ガチャ
TCHAC

FLAH
HEIN... ?
POUF
... AH.
!!
TU T'APPUYAIS LÀ... PARDON.

POUR... MI... !
VLAM
MIKADO ?!
POURQUOI T'ES LÀ... ?
TU DEVRAIS ÊTRE EN COURS... !!
J'ÉTAIS À LA BIBLIOTHÈQUE...
MAIS J'AI ENTENDU TA VOIX EN BAS...
JE T'AI REGARDÉ UN BON MOMENT.
BLUSH
......
... AH...
AH BON...
DIS-MOI... TOWA.

... QUE...
GLOUPS
QUOI ?
RECULE
——...
... IL RECOMMENCE...
......
TOWA...
TU ES BIZARRE EN CE MOMENT.
BODOM
HEIN ?!

TU ME CACHES QUELQUE CHOSE ?
QUOI... ?!
SI LE PRÉSIDENT...
DÉCOUVRE NOTRE JOB...
AH !
C'EST PAS POSSIBLE QU'IL PARLE DE ÇA... ?!
... A... ALORS... ?
RECULE
R... RIEN...
DU TOUT...
EUH...
RECULE
AH...
BOM
!!

……
ぎゅ
GRIP
MIKADO… ?
!
TU SAIGNES… JE VAIS T'ESSUYER
QUOI… ?!
AH… T'INQUIÈTE, C'EST RIEN.
C'EST BON, JE T'ASSURE…
TU VAS SALIR TON MOUCHOIR…
TIRE ?
JE VAIS LE RINCER AU ROBINET !
IL EST PLUS DISTANT QUE NÉCESSAIRE.

IL VEUT S'ÉLOIGNER DE MOI ?
ÉCOUTE...
... TAIS-TOI !
OUPS
IL...
IL M'A CRIÉ DES-SUS...
... PARDON...

GLOUPS
... UH !
TIP

GLOUPS
SWIP
!?
AT-TENDS ...!
MIKADO ?!
QUE...
QUOI... ?
SMACK
!
OH !
AH... ?!
HÉ !
OH !
MI...
MIKADO... !
AH.
OUAH !
ARRÊTE... !

……
HMM... !
... AH...
MMF.
SMACK
SMACK
... UH ...
... NON...
JE N'AI PLUS DE FORCE...
UH...
BRRR
BRRR
HMM.
FRRR
HMM ...
FRRR
...
HMM ...
FLAF
UH...
...

UH...
FF
MMM !
UH.
MI-KADO...
FF
FF
EMBRASSE... VRAIMENT... BIEN... !
HMM ...
!
A...
AT-TENDS ...
QUOI ?!
I... ICI ? TU VEUX LE FAIRE... ICI... ?!!
... NON ? TU N'AS PAS ENVIE ?
BODOM
MAIS ...
C'EST PAS QUE JE VEUX PAS... !
UH...
URGH... !

HMM... ?
ALORS, TU ES D'ACCORD ?
... DIS ?
EUH...
JE...
O... OUI... ?
J'SUIS PAS D'ACCORD DU TOUT... !
OUI...
......
J'suis trop bête... !
...
UH...
PFF ...
BRRR
ぶる
AH...
HUN...
HUN... !
PLITCH
にちゃ...
NON !
UH...
AH... ! NON !
... FINALEMENT, JE VEUX PAS... !
BRRR!
BLUSH
かぁ
JE RE-FUSE... !
CALME-TOI, TOWA.
LÂCHE MOI !
... TOWA ...

JE T'AIME... !
BODOM
......
BRRR
BRRR
C'EST DE LA TRICHE...
UH...
AH.
DE DIRE ÇA...
À CE MOMENT-LÀ...

... UH ...
... PFF ...
FF
FF AH
MÊME S'IL DIT ÇA...
...
IL M'A PAS DEMANDÉ D'ÊTRE SON PETIT AMI...
HMM ...
PFF
... T'AS BEAUCOUP JOUI...
AH !
GLOUPS
FLATCH
QUOI ... ?! ... C'EST PAS VRAI ...
TU... TU VEUX ENCORE LE FAIRE ... ?!
AH.
OU ALORS...
......

... C'EST PAS CE GENRE DE «JE T'AIME»... ?
PFF
POUM

MOUAIS... PAS ÉTON-NANT QUE J'AI MAL PAR-TOUT...
TOWA !
SI TU FORCES TROP, TU VAS AVOIR MAL AU DOS !
UTILISE LE CHARIOT.
O... OUAIS !
TU AS L'AIR FATIGUÉ AUJOUR-D'HUI...
IL S'EST PASSÉ QUELQUE CHOSE ?
ho hisse !
TING
...
......
EUH...
OUI ?
GRASP
MONSIEUR ASANO... VOUS AVEZ DEUX ANS DE PLUS QUE MOI, HEIN ?
EN TANT QUE MON AÎNÉ DANS LA VIE, EXPLIQUEZ-MOI QUELQUE CHOSE, SYOUPLAII !!
HEIN... ?
Syouplaii... ?

E...
EUH...
MAIN... «MAINTE-NANT, ON EST ENSEMBLE !»
QUAND EST-CE... QU'ON FRANCHIT CETTE LIGNE... ?
... VOILÀ ...
......
HUM...
À PARTIR DE QUAND ON EST AVEC QUELQU'UN ... ?
... EH BIEN...
Humpf...
ÇA SE FAIT NATURELLEMENT QUAND ON COUCHE ENSEMBLE, NON ?
MAIS NOUS, ON L'A DÉJÀ FAIT !!
GROSSE PANIQUE
AH LA LA !
ON...
ON DIRAIT QUE...

QUE CE SOIT À LA MAISON OU AU TRAVAIL...
J'ME DEMANDE À QUOI ÇA SERT D'AVOIR COMMENCÉ CE BOULOT... !!
FINALEMENT...
JE NE PENSE QU'À MIKADO...
J'ARRIVE PAS À ME LE SORTIR DE LA TÊTE... !
BIENVENUE !

コト…
POC
……
Parfaitement ajusté !
Super slim
... IL ACHÈTE DES PRÉSERVATIFS DANS UNE SUPÉRETTE...
CE CLIENT AIME LA PROVOCATION !
ちら
ZYEUTE
... AH !

WHAM
... OÙ EST TOWA ?
ARGH... ! ON EST DÉCOUVERTS...
... EST-CE QUE LE PRÉSIDENT DU CONSEIL A LE DROIT D'ACHETER UN TRUC PAREIL EN PLEIN JOUR ?
TU SAIS QUE LE RÈGLEMENT DU LYCÉE INTERDIT LES PETITS BOULOTS ?
HE ! HE !
TOWA, VOUS DITES ! IL EST DANS LE FOND !
Je vais vous dire où vous pouvez le voir.
ROLL
Je vous donne les préservatifs.
C'EST LÀ... ?

!
IL EST LÀ...
TOWA...
C'ÉTAIT DONC VRAI QU'IL TRAVAILLE... ENFIN, QU'IL ESSAIE...
AAAH...
Hop !
Hop !
ふら
FLAH
IL N'EST PAS DOUÉ...
Allez ! Regarde où tu mets les pieds...
MAIS ...
POURQUOI IL FAIT ÇA... ?

…?
CE TYPE… ?
は？
AH
HA! HA! HA!
C'EST VRAI ?

TENDRE VOYOU 7, CHAPITRE 3

キィ…
CRÎÎ
BATAM
パタン…

Ho hisse !
... HMM... ?
QU'Y A-T-IL ?
pfff
NON...
... RIEN...
CUI
チュン...
CUI
チチッ...

ふあ
PFUAAAH
BONJOUR TOWA !!
CE SOIR, IL Y A UN CERTAIN ÉVÈNEMENT !
ひょこっ
HOP
TOUT GUILLERET
TU TE SOUVIENS ?!
HEIN... ?!
Tiens ?
C'EST QUOI, DÉJÀ ?
ひっ
Hii !
TO... TOWA !!
MÊME TOI, C'EST PAS POSSIBLE QUE TU OUBLIES MON ANNIVERSAIRE... !!
わっ!!
OUIIN !!
... DU CALME... ÇA LUI EST JUSTE SORTI DE LA TÊTE.
AH !

C'EST AUJOURD'HUI ?!
NON... PARDON. EUH...
AH !! BON ANNIVERSAIRE, HISA... !
GLOUPS
STOP
CHUT
CHUT
TOWA... J'ÉCOUTERAI LA SUITE CE SOIR.
Oh, bon sang ! Sorti de la tête ?! Tu m'avais complètement oublié, oui !
APRÈS LE TRAVAIL, TU VIENDRAS DIRECTEMENT AU RESTAURANT AVEC YÛ, D'ACCORD ?
... OUII...
......
... AH...

... AUJOUR-D'HUI ?
OUI...
... EUH... YÛ VIENT AUSSI...
POUR LE JOUR MÊME, C'EST PEUT-ÊTRE TROP SOUDAIN...
—...
AH... MAIS...
SI TU ES OCCUPÉ, TU N'ES PAS OBLIGÉ...
......
ALORS, JE NE PEUX PAS !

... AH...
AH...
AH BON... ?
... TU AS LE CONSEIL DES ÉLÈVES, FINALEMENT ?
C'est...
... C'EST DUR !
... OUI.
IL...
AURAIT PU REFUSER MOINS SÈCHEMENT...
......
GNIP
ギュ
POUR MIKADO... JE SERS PEUT-ÊTRE QU'À «ÇA»... ?
MOI ...

AH!
NON... J'SUIS PAS UNE FILLE... !!
FAUT PLUS QUE JE ME DISE «QUI DE MOI OU DE TON TRAVAIL EST LE PLUS IMPORTANT ?!» !
ふぬぬぬ
FHHHH
......
... MAIS...
SI J'ÉTAIS SON «PETIT AMI»
J'AURAIS PEUT-ÊTRE PU LE LUI DIRE FRANCHEMENT...
... TOWA...
PLUTÔT QU'UN TRUC PAREIL...
GRR
«QU'UN TRUC PAREIL» ... ?
QUE LE RÈGLEMENT DU LYCÉE INTERDIT LES PETITS BOULOTS...
TU LE SAIS, NON ?!

HEIN ?!
J'Y CROIS PAS... !
QUOI... ?!
TU ES AU COURANT, MIKADO ?! COMMENT ÇA SE FAIT ?!
!
AH...
......
ÇA A UN LIEN AVEC LE CONSEIL... ?
S'IL A L'AIR DE MAUVAISE HUMEUR...
C'EST À CAUSE DE ÇA ?
......
DE TOUTE FAÇON...

TU VAS ARRÊTER ÇA TOUT DE SUITE.
... COMPRIS ?
... UH...
ATT...
ATTENDS UN PEU... ! ÇA, ÇA M'EMBÊTE PEUT-ÊTRE... !
DEPUIS TOUT À L'HEU-RE...
ON DIRAIT QUE C'EST PAS AVEC MIKADO, MAIS AVEC LE PRÉSIDENT QUE JE PARLE...
... MOI...
GNIP

J'AI PLEIN DE TRUCS SUR LE COEUR... !
POURQUOI TU PRENDS CE TON AUTORITAIRE SANS M'ÉCOUTER ?!
......
POUR RIEN... CE N'ÉTAIT PAS MON INTENTION !
POURTANT, C'EST COMME ÇA !
DEPUIS TOUT À L'HEURE, TU NE PARLES QUE COMME LE PRÉSIDENT DU CONSEIL !!
GRRR
... PUISQUE JE TE DIS QUE ÇA N'A RIEN À VOIR !

ÇA SUFFIT ! ÉCOUTE CE QUE JE TE DIS !
!!
BLUUUSH
かあああ
UH !!
VLOUM
... J'Y VAIS !
... JE VAIS ÊTRE EN RETARD AU BOULOT !
UNE MI-NUTE...
ガラッ
RLAN
HÉ, MIKADO !
HMM ?
URGH !!
ATTENDS, TOWA...
ENCORE TOI...
POUR-QUOI T'AS L'AIR TOUT CHIFFON-NÉ ?!
TON CERVEAU DOIT ÊTRE EMBROUILLÉ !

……
ブル
BRR
ブル
BRR
ボソッ
MARMONNE
... QU'EST-CE QUE TU PEUX Y COMPRENDRE, TOI ET TON COUPLE D'AMOUREUX BÊTAS... ?!
ブル
BRR
CET IDIOT M'A TRAITÉ...
D'AMOU-REUX BÊTA !
PFTAC
HÉ !!
ZWIP
TU VAS ME DRESSER CE CRÉTIN DE GOSSE !
TOI, IL T'ÉCOUTERA !

ABSOLUMENT PAS...
... EN PARTICULIER, MAINTENANT.
Y'A UN PROBLÈME ?!
......
J'AI PLEIN DE TRUCS SUR LE COEUR... !
MOI NON PLUS, J'AI PAS TROP LA FORME.
DANS CE CAS..

IL POURRAIT M'EN PARLER.
OU ALORS...
IL NE PEUT PAS ME LE DIRE, MAIS IL PEUT EN PARLER AVEC LES AUTRES ?
......
... SI JE LUI DISAIS CE QUE JE PENSE VRAIMENT...
QUE JE ME FICHE DE SON BOULOT, OU DE SES INFRACTIONS AU RÈGLEMENT...
QUE JE NE VEUX PAS QU'IL SOURIE À D'AUTRES QUE MOI...

... S'IL SAVAIT QUE JE PENSE DE TELLES CHOSES...
QUE SE PASSERAIT-IL... ?
... IL AURAIT PEUT-ÊTRE PEUR.
TAP
TAP
MÊME AU POINT OÙ ON EN EST...
JE...
......

ニヤ Hé !
... PFF ... !
ニヤ Hé !
......
ニヤ Hé !
... QUOI ?
ニヤ Hé !
RIEN.
JE NE SAIS PAS CE QUI SE PASSE...
MAIS C'EST DRÔLE DE VOIR TON FLEGME SE FISSURER.
... LA FERME... !
AU FAIT, TU ES VENU FAIRE QUOI... ?
AH !
C'EST VRAI !
C'EST TOI QUI AS RÉCUPÉRÉ LES RAPPORTS DE LA BOÎTE À SUGGESTIONS, NON ?
MONTRE-LES-MOI !
......

HUMPF...
ALORS, C'EST UN BON PLAN, CE BOULOT, HEIN !
......
... ET PUIS... T'ES PLUTÔT CALME, YÛ !
POURTANT L'AUTRE JOUR, T'ÉTAIS EFFRAYANT EN DISANT QUE MIKADO NE DEVAIT RIEN SAVOIR.
IL A TOUT DÉCOUVERT, NON ?! T'ES PAS SURPRIS ?
Hmm ?
AH...
C'EST QUE, TU VOIS...
LE PRÉSIDENT EST VENU TE VOIR ICI EN PERSONNE !
DIS, TOWA...
EN USANT DE TON CHARME, TU POURRAIS OBTENIR DU PRÉSIDENT QU'IL FERME LES YEUX, NON ?
Pot-de-vin
Soyez gentil avec lui.
Faites-moi une faveur.
OK !
tip
Silence
C'est quoi ce dessin?!
QUOI ?!
... ÇA MARCHERA JAMAIS !!

... HEIN ?!
C'EST ... C'EST QUOI CETTE HISTOIRE ?!! TU ME L'AS PAS DIT ?!
GRASP
GRIP
MAIS JE CROYAIS QUE TU L'APPRENDRAIS DE TOUTE FAÇON !
QUOI ... ?!
Ça veut dire quoi ?
PAF
!
Ah !
C'EST PAS POSSIBLE !
GRII
D'ÊTRE AIMÉ PAR CE «DEUXIÈME ANNÉE HYPER PROTECTEUR» ...
C'EST VRAIMENT DUR POUR TOI, TOWA !
Ah oui ! Ce soir, on va au restaurant à 19h ! On va bien s'amuser !
... MIKADO EST... ?
BING
AÏE !

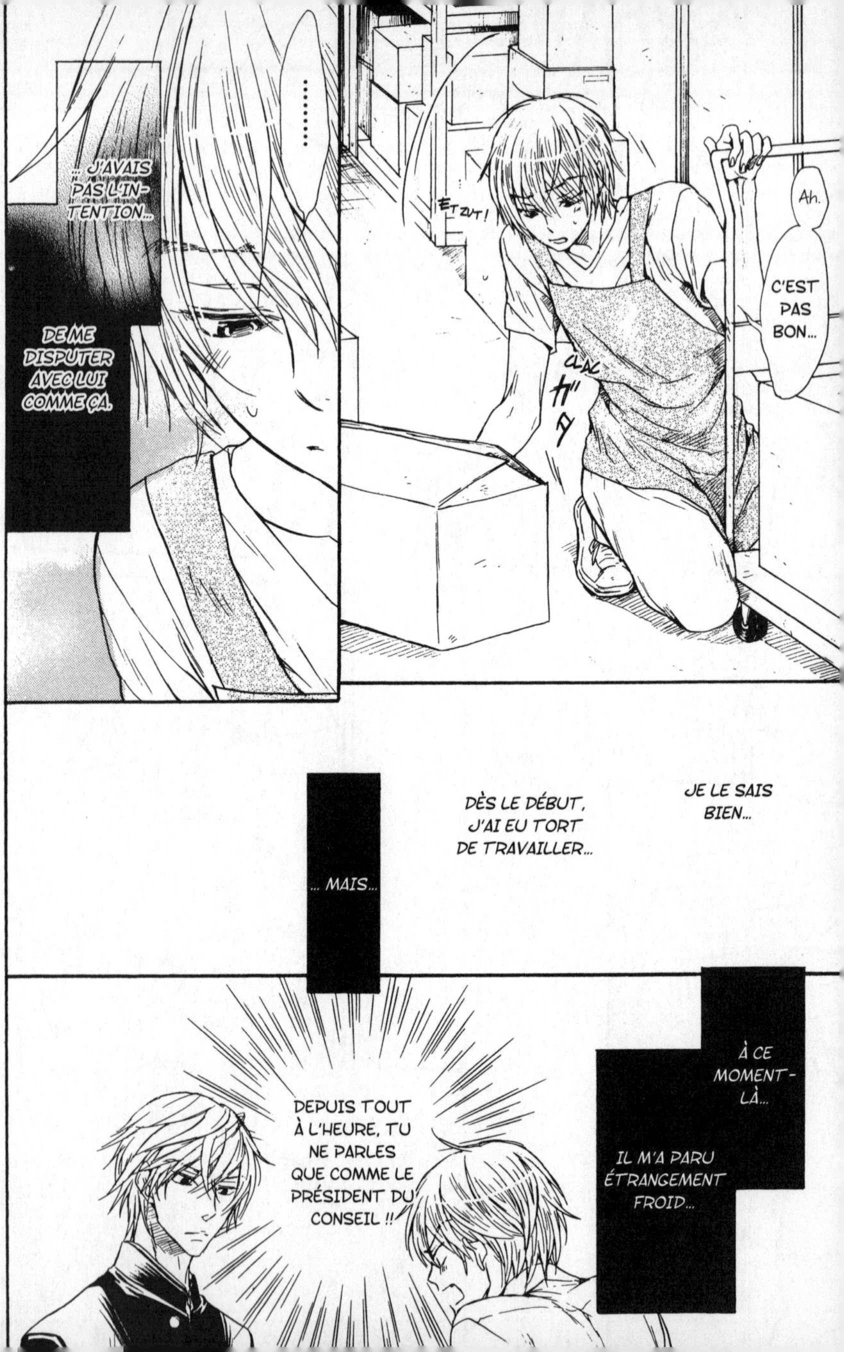
Ah.
C'EST PAS BON...
ET ZUT !
CLAC
ガタ
......
... J'AVAIS PAS L'IN-TENTION...
DE ME DISPUTER AVEC LUI COMME ÇA.
JE LE SAIS BIEN...
DÈS LE DÉBUT, J'AI EU TORT DE TRAVAILLER...
... MAIS...
À CE MOMENT-LÀ...
IL M'A PARU ÉTRANGEMENT FROID...
DEPUIS TOUT À L'HEURE, TU NE PARLES QUE COMME LE PRÉSIDENT DU CONSEIL !!

C'ÉTAIT MILLE FOIS PIRE...
QUE DE ME FAIRE CRIER DESSUS...
GRIP
ギゅう…
MÊME DANS UNE TELLE SITUA-TION...
JE VEUX ÊTRE SPÉCIAL POUR MIKADO...
... AH...
MOI...
C'EST L'HEURE...

はあ…
PFF
…!
POC
FAUT QUE J'ARRÊTE… CE JOB…
TU VAS DÉMISSIONNER ?
GLOUPS
びくっ
OUAAH !!
MON … MON-SIEUR AKAGI !
PAH
ALORS QUE MAINTENANT, TU TE DÉBROUILLES PAS MAL POUR POUSSER LE CHARIOT ! C'EST DOMMAGE !
TU N'ES PAS CONTENT DU SALAIRE ?
… AAH… C'EST PAS ÇA…
EUH…

EN FAIT, LES PETITS BOULOTS SONT INTERDITS DANS MON LYCÉE...
ET... LE PRÉSIDENT DU CONSEIL DES ÉLÈVES A TOUT DÉCOUVERT... !
Non
... LE PRÉSIDENT DU CONSEIL ?
EUH...
... AH, D'ACCORD ! EST-CE QU'IL VA ALLER TE DÉNONCER AUX PROFESSEURS ?
OU BIEN, L'A-T-IL DÉJÀ FAIT ?
NON... !!
C'EST PAS SON GENRE !!
MIKADO ME PROTÈGE TOUJOURS, PLUTÔT... !!

LE PRÉSIDENT EST VENU TE VOIR ICI EN PERSONNE !
... AU POINT ...
QU'IL EST PARFOIS ENCORE PLUS PROTECTEUR...
QUE MES GRANDS FRÈRES...
LUI QUI A D'HABITUDE UN VISAGE IMPÉNÉTRABLE...
QUI EST VERSATILE...
ET QUI SE DÉTOURNE QUAND QUELQUE CHOSE NE L'INTÉRESSE PAS...
CE MIKADO EST VENU EXPRÈS...
JUSQU'À MON TRAVAIL...

QUELLE EXPRESSION AVAIT-IL...
ALORS, C'EST MA FAUTE !
EN ME REGARDANT... ?
FRITCH
FRITCH
!!
OUAH !
T'ES VRAIMENT SOUMIS, TOI !
AU FAIT, TOWA...
À QUEL POINT IL EST HYPER PROTECTEUR CE TYPE ?
HEIN ?!

Que...
QUE VOULEZ-VOUS DIRE PAR «À QUEL POINT»... ?
Euh...
QU'EST-CE QU'IL A, TOUT À COUP ?
FRITCH
FRITCH
FRITCH
OUI... PAR EXEMPLE...
EST-CE QU'IL VIENDRAIT TE VOIR À TON TRAVAIL... ?
QUE...
QUOI... ?! COMMENT VOUS LE SAVEZ, MONSIEUR AKAGI ?!
!?
EST-CE QUE JE L'AI DIT TOUT À L'HEURE... ? NON ! PAS POSSIBLE... !
POURQUOI ?!

EH BIEN...
TU ME DEMANDES POURQUOI...
GRiii
HEIN... ?!
C'EST PARCE QU'UN TYPE DANS CE GENRE EST EN TRAIN DE ME REGARDER EN FAISANT UNE TÊTE TERRIFIANTE... !
JUSTE DERRIÈRE TOI...

PAF
... DÉSOLÉ D'ÊTRE TROP PROTECTEUR... !
!!
MI... !

POUR INFO...
JE N'ÉTAIS PAS LÀ TOUT LE TEMPS... JE VIENS D'ARRIVER.
HEIN ?
... AH... OUI... C'EST VRAI ?
TIENS ??
IL N'A PAS AIMÉ QUE JE DISE QU'IL ÉTAIT TROP PROTECTEUR... ?!
Il a l'air de mauvaise humeur... !
OU ALORS, JE ME TROMPE...
......
AH !
... EUH, TU SAIS...
MOI... J'AI FINI POUR AUJOURD'HUI...

ET TES AFFAIRES ?
OÙ TE CHANGES-TU ?
QUOI ?
AH ! LÀ-BAS, AU FOND...
GRASP
OUAH !
MIKADO ?!
ATTENDS !!
EUH...
ÇA VA ALLER POUR LE CONSEIL ? TU M'AVAIS DIT QUE...

JE M'AR-
RANGERAI.
AH...
AH BON ... ?
......
A...
ALORS, DIS-MOI... POURQUOI TU ES VENU AUJOURD'HUI AUSSI ?
... TU ES EN COLÈRE CONTRE MOI... ?
!
BODOM
ドキ…

... PARCE QUE JE SUIS TROP PROTECTEUR, SANS DOUTE.
......
AH...
AH BON... ?

TENDRE VOYOU 7, CHAPITRE 4

... M...
MOI...
TOUTE LA JOUR-NÉE...
LA SEULE CHOSE À LAQUELLE JE PENSAIS...
C'ÉTAIT QUE TU ÉTAIS FURIEUX...

PARDON !
……
... J'ÉTAIS PEUT-ÊTRE EN COLÈRE.
HEIN ?!!
MAIS JUSTE POUR DES RAISONS PERSONNEL-LES.
... QUOI ?
PERSON-NELLES... ?
SI JE TE LES DIS, TU T'ÉLOIGNERAS DE MOI.

M'ÉLOI-GNER DE... !
QUOI ?
MAIS NON !
DE QUOI IL PARLE ?
... TU VOUDRAS PEUT-ÊTRE ME FUIR.
!
CERTAINE-MENT PAS !!
....
HÉ...
GRIP
ÉCOU-TE.
MOI... JE SUIS PAS INTELLIGENT...
SI...
SI TU ME LE DIS PAS, JE NE COMPRENDRAI PAS... !

...?
......
... N'AIE PAS L'AIR DE TROP T'AMUSER.
... HEIN... ?!

NE COLLE PAS LES AUTRES.
!?
MONTRE-TOI LE MOINS SOURIANT POSSIBLE.
QUOI ?!
... SOIS UN PEU SUR TES GARDES.
EUH...
!...
CE...
C'EST...
... QUE ...
GRASP
ぴと
TIP
!
... SOIS COMME ÇA UNIQUEMENT AVEC MOI !

……
S'IL...
S'IL ÉTAIT EN COLÈRE...
どき…
BODOM
MI...
C'ÉTAIT POUR ÇA... ?
かぷ
CROC
... AÏE ?!
BODOM
QUOI ?!
MON OREILLE ...
BODOM
... TOWA.
TU...
TU L'AS MOR-DUE... !
BODOM
SMACK
ちゅ…
かあ
BLUSH
MIKADO ?
TIENS... ? ON DIRAIT...
HEIN... ?!
PARDON. TU AS PEUR DE MOI ?
NON...
Euh...

CETTE SENSATION...
... MAIS JE NE TE LIBÉRERAI PAS.
......
... AH.

«IL EST COMME ÇA AVEC SES COPAINS DE CLASSE... ?»
«IL A PAS DU TOUT L'AIR DISTANT...»
«QUAND LA PERSONNE QU'ON AIME EST AVEC QUELQU'UN D'AUTRE, ON EST EN COLÈRE, NON... ?
IL EST COMME MOI... ?
C'EST PARCE QUE LES GENS SONT...»
!
... AH... !

HUP
... J'AI COM-PRIS !!!
HEIN... ?!
VLAM
ÇA, C'EST ÊTRE JALOUX !!
MOI AUSSI, L'AUTRE JOUR J'ÉTAIS COMME ÇA !!
... QUOI ?
AH BON... ? C'ÉTAIT ÇA.
... BEN OUI !
ALORS QUE C'ÉTAIT JUSTE QUE TU T'ENTENDAIS BIEN AVEC CE TYPE DE TA CLASSE...

J'L'AI TROUVÉ HYPER GONFLÉ !
EN TOUT CAS, J'AI PAS AIMÉ ÇA !
MÊME SI J'ÉTAIS CONTENT DE LE VOIR...
......
QUAND J'ÉTAIS PRÈS DE LUI, J'AI ÉTÉ MALADROIT...
DIS, MIKADO...
C'EST BIEN ÇA, NON ?!
J'ÉTAIS ÉTRANGEMENT ÉNERVÉ...
HEIN ... ?
ET JE ME SUIS MÊME DEMANDÉ SI C'ÉTAIT NORMAL.
CO... COMMENT ?
MAIS...
MIKADO AUSSI ÉTAIT COMME ÇA...
BEN OUI, TU SAIS... C'EST ÇA QU'ON APPELLE ÊTRE JALOUX, NON ?!

ON RESSENT ÇA TOUS LES DEUX.
......
... OU...
OUI... C'EST ÇA...
!
JE SUIS CONTENT... !
ALORS, MOI AUSSI JE SUIS COMME TOI, MIKADO !
GRAND
SOURIRE

ALORS...
J'AI PAS DU TOUT PEUR DE TOI, MIKADO !
SOURIRE
...
SOURIRE
... TIENS ?
... MI-KADO... ?
... D... DIS... ?
POURQUOI T'ES TOUT FIGÉ... ?! J'AI DIT QUELQUE CHOSE DE BIZARRE ?

……
DIS ?
TOWA, TU…
はあ
FFF
QUOI ?
… J'ABAN-DONNE…
GLOUPS
QU'EST-CE QU'IL Y A ?!
… TOWA !
HMM ?
… TU ES VRAIMENT D'ACCORD ?
HEIN… ?!
… QUE ÇA SE CONCLUE COMME ÇA ?
SCHLAP

TU NE REGRETTERAS PAS ?
GRR
C'EST… C'EST QUOI, ÇA ?!
BIEN SÛR QUE NON !
…!
DIX…
EH!
DIX MILLE FOIS ?!
TU ES D'ACCORD, MALGRÉ TOUT ?!
… JE SUIS PEUT-ÊTRE DIX MILLE FOIS PLUS JALOUX QUE TOI, TU SAIS ?!

TU AS PEUR, N'EST-CE PAS ?
JE !
JE... JE... JE N'AI PAS PEUR DU TOUT !!
TE MOQUE PAS DE MOI !! VIENS VOIR UN PEU !!
RECULE
KOF
BOM
HUMPF ... ?
HÉ ! HÉ ! HÉ ! QUELLE VIRILITÉ, TOWA...
POC
JE SUIS PRÈS DE TOMBER AMOUREUX.
TOM... TOMBER AMOUREUX... ?!
BLUSH
AH !
... ALORS, C'ÉTAIT FAUX ! TU T'ES FICHU DE MOI, FINALEMENT !!
PFF... MAIS NON. MAIS NON.
SOURIRE
SOURIRE
Mais si !!
Mais non !
UUH... ! CE SOURIRE DIABOLIQUE... !!
MAIS...
... AH...

HMM !
......
... UH...
BODOM
HMM ...
... HMM !
BODOM
......
BODOM
... HAN...
UH...
BODOM
UH !
HAN !
PFUAH
......
TU... TU CROIS QUE TU VAS ME CALMER EN M'EMBRAS-SANT...
MAIS...
EN FAIT... IL A PEUT-ÊTRE RAISON...
FROTTE

PARCE QUE LÀ...
JE SUIS SUPER CONTENT
JE NE PENSE PAS ÇA !
... C'EST VRAI... ?!
BODOM
OUI.
MIKADO ÉPROUVE-T-IL LA MÊME CHOSE QUE MOI ?
J'AVAIS JUSTE TRÈS ENVIE DE LE FAIRE...
HMM...

SI C'ÉTAIT LA MÊME CHOSE...
CE SERAIT BIEN...

UH...
HMM...
SMACK
!
GLOUPS
HMM... !
UH...
......
... EUH...
SMACK
... MI...
MIKADO...
......
DIS, TOWA...
...?
QUOI ... ?
GULP
SI ON SE RÉCONCILIAIT COMME IL FAUT... ?

DIS...
BATAM
POURQUOI ON VA CHEZ MOI POUR SE RÉCONCILIER... ?
POUR MOI, C'EST DÉJÀ FAIT, TU SAIS ?
IL Y A QUELQUE CHOSE QUE TU PEUX ME DIRE QU'À LA MAISON ?
... EH BIEN...
TOC
......
TU NE CHANGES PAS...
HMM ?!
J'AIME BIEN CET ENDROIT ...
AUSSI...

?
QUOI ?
... AH.
AH !
OUPS
EUH... !
SI... SI ÇA SE TROUVE...
«SE RÉCONCILIER», C'EST... ?!
MI... MIKADO !
ATTENDS UN PEU... !!
... HMM ?
C'EST QUE... CE SOIR JE DOIS RETROUVER HISA ET LES AUTRES !!
GNIP
NON... !
C'EST PAS ÉCLAIRÉ CHEZ MOI ALORS, ILS DOIVENT DÉJÀ TOUS...
... JUSTE UN PEU, AVANT D'Y ALLER.
APRÈS, JE T'Y EMMÈNERAI, SANS FAUTE.
UN PEU... QU'IL DIT...
N...
NON... !
... MAIS...

MA...
GATAM
......
......
BODOM
OUAAH...
... OU...
BODOM
C'EST LA PREMIÈRE FOIS...
... OUI ...
QUE JE VOIS MIKADO COMME ÇA...
MAIN-TE-NANT...
RESTE JUSTE UN PEU AVEC MOI...
... UH...
BODOM

... HMM ... !
AH !
... AH...
MI-KADO...
MI...
SLOP
GLOUPS
AH... !
QUOI... ? AH !!
OUAH !
FLOTCH
FLOTCH
FLOTCH
A... ARRÊTE... !
NE ME TOUCHE PAS... LÀ... !

ふ FFF
...AH...
TU NE DIS PLUS SEULEMENT «J'AI MAL»... ? À «CET ENDROIT».
かああ BLUSH
C'EST...
ば FWAP
C'EST PARCE QUE...
TU ME T... TOUCHES TOUJOURS D'UNE FAÇON BIZARRE... !
C'EST TA FAUTE, MIKADO... !!
TOWA...
ET PUIS SI MOI... JE DEVIENS COMME ÇA... !
J'AI COMMENCÉ CE BOULOT...
POUR ME CHANGER LES IDÉES, PARCE QUE JE NE PENSAIS QU'À TOI, MAIS ÇA N'A SERVI À RIEN... !
!

POUF
TOUT EST... À CAUSE DE TOI, MIKADO...
OUAH... ?!
Q... QUOI... ?!
... HEIN ?
LÀ...
... ?
Que...
QUE... VEUX-TU... DIRE... ?
GRAC
PUSH
CE... CE QUE JE VAIS FAIRE, C'EST DE TA FAUTE, TOWA... !

... UH !!
BRRR
HMM... !
FRR
FRRR
PFF... UAH !
AH... !
FRRR
FLAC
BOM
AÏE... !
JE NE VEUX PAS !!
NON... ! MIKADO ! QU'EST-CE... QUI TE PREND TOUT À COUP... ?
HUP
... TOWA ...
FF
T'ES VRAIMENT ... !
GRIP

POUR-QUOI... TU FAIS ÇA... ?
AH... !!
PEUT-ÊTRE PARCE QUE TU M'Y INCITES OUVERTE-MENT... !!
QUOI... ?
FRRR
FLAC
FLATCH
NON... !
HUN !
HMM ... !
AH.
MIKADO...
N'Y... VA PAS... AUSSI FORT... AH !
SMACK
Ah
AAH...
IL N'EST PAS... COMME D'HABITUDE...
BRRR
HMM !!
BRRR
... UH !!
SPLITCH
... UH.
FF
HAAN...
HAAN... !
BRRR
BRRR
... AH...
PAR...
PARDON... J'AI... J'AI JOUI TOUT SEUL...
QUE... QUE VAIS-JE FAIRE ?
JE POURRAIS PEUT-ÊTRE CONTINUER... AVEC LA MAIN... ?
FLAP

TIENS... ?!
AH...
OUAH !
TIRE
DÉSOLÉ.
QUOI... ?!
CE SOIR, JE NE VAIS PAS POUVOIR ÊTRE DOUX...
BODOM
... UH !
AH... !

Complètement à plat !
... QU'EST-CE QUE JE VAIS FAIRE... ?
IL S'EST ÉVANOUI...
JUSQU'À MAINTENANT, JE M'ÉTAIS RETENU...
... JE N'AVAIS JAMAIS PERDU LE CONTRÔLE...
......
IL NE SE RÉVEILLE PAS...
CARESSE

...OUI.
AVANT QU'IL SE RÉ-VEILLE...
SCHLAP
SCHLAP
SCHLAP
......
...?
C'EST QUOI... CE BRUIT... ?
... HMM ... ?
SCHLAP
AH... TU ES RÉVEILLÉ ?
... TIENS ?
... AH... MIKADO...
C'EST QUOI CETTE SERVIET-TE ?
POURQUOI MES CHEVEUX SONT MOUILLÉS ?

HM ?
NATUREL
やかっ
JE T'AI LAVÉ, TOWA !
爽 ☆
SUPER
HEEEEEE EEEIN ?!!
BODOM
JE N'AI ÉVIDEMMENT PAS PU ME LAVER...
MAIS TOI, JE T'AI RÉCURÉ À FOND, EN PRENANT MON TEMPS.
SÉRIEUUUUUX ?!
TU... TU... TU M'AS LAVÉ... ?!
À FOND... EN...
FRR
FRR
FRR
POURQUOI TU ES SI TROUBLÉ ?
M... M... MAIS, C'EST QUE... !! JE... SUIS... TOUT NU... !
C'EST QUOI ÇA, MAINTE-NANT... ?
HE HE !
ON COUCHE PAS ENSEMBLE, PEUT-ÊTRE ?
PFF

EUH ?!
ALLEZ, CALME-TOI ! JE VAIS TE SÉCHER ENCORE UN PEU.
D'AC-CORD ?
OUIIN...
OUI... MAIS QU'IL ME FASSE RIEN QUAND JE SUIS PAS CONSCIENT... !
IL EST PAS POSSIBLE... !!
ちら…
ZYEUTE
IL M'ÉNERVE...
C'EST AGRÉA-BLE, NON ?
CE QUE JE TE FAIS.
......
... PUISQUE...
MIKADO A L'AIR HEUREUX... ÇA ME VA... !

HMM ...
QU'Y A-T-IL ?
RIEN ...
JE... J'AI L'IMPRESSION D'AVOIR OUBLIÉ QUELQUE CHOSE... C'EST QUOI, DÉJÀ ?
......
TO...
TO-WAAAAA !!
TOWA N'EST PAS ENCORE LÀ !! POURQUOI IL VIENT PAAAAS ?!
Ouuuin ! Ouin ! Ouin !
Trop bon ! Déli-cieux !
MIAM MIAM
ENSUITE, QUAND IL VIT TOWA ACCOURIR EN HÂTE...
ACCOMPAGNÉ, «ON NE SAIT POURQUOI», DE MIKADO, CELA SE TERMINA À NOUVEAU PAR UNE GROSSE CRISE DE LARMES.
GRAND FRÈRE... DU CALME... ATTENDONS ENCORE UN PEU...
CONSEIL DES ÉLÈVES

JE SUIS DÉSOLÉ
D'AVOIR ÉTÉ VU EN TRAIN DE TRAVAILLER, PAR LE PRÉSIDENT DU CONSEIL... J'AI ÉTÉ IMPRUDENT.
... TROISIÈME ANNÉE AKAGI !!
BAM
ダン!!
CE N'EST PAS LE PROBLÈME ! RESPECTEZ LE RÈGLEMENT !
DÉSOLÉ. J'ÉTAIS À COURT D'ARGENT DE POCHE ET JE VOULAIS EN GAGNER UN PEU...
POURQUOI N'EN FAIS-TU QU'À TA TÊTE ?!
LE COMITÉ DE DISCIPLINE SE MOQUE DE NOUS !
MÊME TEMPORAIREMENT, VOUS...
YUKI, ÇA SUFFIT !
BON...
À L'AVENIR, FAITES EN SORTE QU'ON NE VOUS DÉCOUVRE PAS.

... EX-PRÉSIDENT DU CONSEIL AKAGI.
SOURIRE
... ENTENDU.
AH.
......
AU FAIT, SHIRAHANE.
LA NAÏVETÉ DE TOWA LE REND VRAIMENT ADORABLE ! ♡
FICHEZ LE CAMP !
BATAM
CRAC
... JE SAIS PAS POURQUOI, J'AI UN MAUVAIS PRESSENTIMENT POUR L'AVENIR.
J'AI L'IMPRESSION...
QUE PLUS JE SUIS AMOUREUX...
PLUS JE M'INQUIÈTE ...
ALORS, DIS...
C'EST ÇA QU'ON APPELLE SOR... «SORTIR ENSEMBLE», HEIN ?!

HN... ?
AH BON, C'EST ÇA... ?
BLUUSH
QUOI ?! DIRE QUE JE T'EN PARLE PARCE QUE TU ES LE SEUL AVEC QUI JE PUISSE EN DISCUTER !
BOUHOU
COMME TU ES MON AÎNÉ DANS UNE «RELATION AMOUREUSE ENTRE GARÇONS»... !!
HÉ ! CRÉTIN !! DIS PAS ÇA SI FORT !!
VLAF
CRITCH
AH
はっ
!
QU'EST-CE QUE VOUS FAITES DANS CE LIEU DÉSERT... ?
HYUU
JE TE CHERCHAIS, TOWA... PARDON D'ÊTRE EN RETARD.
On rentre ?
Ouais !
«ON DOIT RESSENTIR ÇA QUAND ON "AIME" EN TANT QUE PETIT AMI ?»
MIKADO !!
HIC
HYEEEH
OUAAH ! QUEL COUPLE D'AMOUREUX BÊTAS...
AI-JE PENSÉ SANS SAVOIR CE QUE MIKADO RESSENTAIT AU FOND DE LUI...
END

ON SE RENCONTRE ENFIN !
UN JOUR...
«CELA» SE PRODUISIT BRUSQUEMENT...
MON NOM...
EST... KIMIKO SHIRAHANE.
La vie magnifique de la famille Shirahane
... Et de leurs jouets...

La vie magnifique de la famille Shirahane

... Et de leurs jouets...

J'AI ENTENDU DIRE QUE VOUS PRENIEZ SOIN DE MES JEUNES FRÈRES, NANAO ET MIKADO, CES DERNIERS TEMPS...
ALORS, JE SUIS VENUE ME PRÉSENTER.
... EX-CUSEZ-NOUS...
JE LUI AI DIT QUE CELA ALLAIT VOUS DÉRANGER, MAIS...
AH... !
M... MAIS, MAIS NON... !
ELLE EST D'UNE DIS-TINCTION TERRI-FIANTE...
ELLE RESSEM-BLE À MIKADO...
......
CHUCHOTE
DIS... «SHI-RAHANE», C'EST CE PRÉSIDENT SOURNOIS, NON ?
ILS SE FONT DE PLUS EN PLUS GAN-GRENER...
GRR
PAS...
DEPUIS QUAND VOUS FRÉQUENTEZ TOUTE LA FAMILLE ?!
PAS DU TOUT... ET POURQUOI T'ES DE MAUVAISE HUMEUR, YÛ ?
DE NOU-VELLES DISSEN-SIONS SONT À PRÉVOIR...

EUH... MERCI D'AVOIR PRIS CETTE PEINE...
AH...
EX... EXCUSEZ-MOI. QUEL EST VOTRE PRÉNOM, DÉJÀ ?
... CELA S'ÉCRIT AVEC...
KI COMME KING, ET O COMME ORIGINE...
... KI...
VOUS VOUS APPELEZ KIO ?!
KI (MIK) O
C'EST KIMIKO.
きっぱり
TON TRANCHANT
À PROPOS...
SWIP
Hé oh !
オイ
EST-CE QUE VOUS ÊTES KUON ? LA PERSONNE QUE VISE... QUI S'OCCUPE DE NANAO...
... AH !
GLOUPS
BRR
... EN VOUS REGARDANT BIEN... VOUS ME SEMBLEZ ÊTRE UN JEUNE HOMME SUSCEPTIBLE D'ÊTRE TRIPOTÉ...
じろじろ
FIXE
FIXE
... HEIN ?!

... GRANDE SOEUR !
C'EST AVEC SON PETIT FRÈRE QUE JE SUIS EN RELATION... LUI, C'EST NAGAHISA !
GRR GRR
FIXE
GRR
GRR
FIXE
VRAIMENT ? HUM...
... MINUTE !!
VOUS, LES SHIRAHANE, VOUS N'ALLEZ PAS METTRE LE GRAPPIN SUR LES AIKAWA !!
BAM
PARCE QU'AU DÉPART, C'ÉTAIT MA PRÉROGATIVE DE LES MANIPULER !!
Choqué
Y... YÛ !!
HÉ, DIS DONC, YÛ !!

OUI... DEPUIS TOUJOURS...
«MA PETITE YÛ ! MARIE-TOI AVEC MOI !»
Hé ! Hé ! Hé !
TIENS !
TOWA, TROIS ANS.
«OH, JE SUIS DÉSOLÉE ! CET ENFANT EST UN GARÇON !»
«QUOOOI ?!»
GROS CHOC
« ... »
«TU DEVRAIS DEVENIR UNE FILLE EN FAISANT DE LA CHIRURGIE TRANSSEXUELLE !»
«GRAND FRÈRE ! TOWA VA FAIRE DE LA CHUCHURARGIE POUR DEVENIR UNE FILLE !»
MEGA PANIQUE
VOUS AVIEZ TELLEMENT PLEURÉ TOUS LES DEUX ! C'ÉTAIT TROP MIGNON !
HI HI !
JE COMPRENAIS PAS CE QUE ÇA VOULAIT DIRE !!
T'es démoniaque, toi !!

OOH... QUE C'EST ADORABLE... !
VOUS ÊTES AUX ANTIPODES DE MON PETIT FRÈRE !
... QUE VOULEZ-VOUS DIRE ?
... AUTREFOIS, NOUS AVIONS DES MAJORDOMES.
NANAO, QUAND IL ÉTAIT PETIT.
MAIS, LES UNS APRÈS LES AUTRES, ILS ÉTAIENT TOUS KIDNAPPÉS PAR NANAO...
ET FINALEMENT, ILS ONT TOUS DÉMISSIONNÉ !
À CAUSE DE CELA, NOUS AVONS JUSTE UNE GOUVERNANTE QUI VIENT DE TEMPS EN TEMPS. NOUS SOMMES DEVENUS UNE FAMILLE NORMALE !
C'EST NORMAL, ÇA... ?
CHEZ NOUS, ON FAIT LES REPAS À TOUR DE RÔLE... ! ET PUIS, COMMENT ÇA «KIDNAPPÉS» ?!

OUIIIIIIN !
«TU ES TRÈS JOLIE, "MA PETITE NANA"... !»
ALLEZ ! ENSUITE...
TU VAS METTRE ÇA, MA PETITE POUPÉE !
...!
BOUHOU !
«JE-SUIS UN GARÇON ! JE VEUX PAS METTRE UNE JUPE !»
DIS DONC... TU DIS CE QUI T'ARRANGE, GRANDE SOEUR !
C'EST À CAUSE DE TES JEUX CRUELS QUE JE RECHERCHAIS UN SOUTIEN AFFECTIF !
BAH ! UNE FOIS HABITUÉ, TU Y AS PRIS GOÛT.
QUELLE GRANDE CAPACITÉ D'ADAPTATION !!
HUM... C'EST UNE TECHNIQUE DE MANIPULATION VRAIMENT SADIQUE...
JE NE SERAI PAS VAINCU SUR CE TERRAIN... !!
NE RÉAGIS PAS AVEC CE VISAGE SÉRIEUX !!
De rien !
Attends, Yo ! De quoi parles-tu ?
......
DIS-MOI, AIKAWA...
... IL EST PAS LÀ AUJOURD'HUI, VOTRE CADET ?
CHU-CHOTE

HEIN ?!
AH...
KÛ EST SORTI AVEC DES AMIS. IL NE REVIENDRA PAS AVANT CE SOIR...
......
AH BON...
QUOI... ? IL EST PAS LÀ ?
ALORS QUE JE SUIS VENU POUR LE VOIR...
... JE POURRAIS LUI ENVOYER UN MAIL ?
CLAP
......
NON...
JE VAIS PEUT-ÊTRE LE DÉRANGER...
... EN PLUS...

S'IL NE RÉPOND PAS TOUT DE SUITE, JE VAIS DÉPRIMER.
CLAP
PERSONNELLEMENT, JE NE VOUS PORTE PAS DANS MON CŒUR, NANAO.
ENCORE...
CE SENTIMENT D'«AMOUR»...
SERA PEUT-ÊTRE TOUJOURS LOURD À PORTER POUR MOI...

AH !
BIENVENUE, GRAND FRÈRE KÛ !
TU SAIS, DANS TA CHAMBRE...
ZZZ
ZZZ
NA...
NANAO... ?

... QU'EST-CE QU'IL FAIT... ?
NANAO... VOUS ALLEZ PRENDRE FROID... !
TOUT DOUCEMENT
GRASP
... HMM ?
POURQUOI IL SERRE MON OREILLER DANS SES BRAS... ?
GRIP
......
HUP
... HMM ... ?
MMM ... !
!
FWAP
......

... AI-
KAWA...
UH...
CRAC

すう…
ZZZ
……
LE CADET DES AIKAWA, FORT TROUBLÉ...
... REPRENDS TES ESPRITS...
TU N'ES PAS MAUVAIS AU POINT DE SAUTER SUR QUELQU'UN QUI DORT...
MAIS NON...
UGNN
zzz
zzz
SERRE
SERRE
ET CES DEUX-LÀ SONT LÉGÈREMENT EN DÉSACCORD...

KASHIWAGI
DIS-MOI...
TU MESURES BIEN 1,75M ?! QUAND T'ES-TU ALLONGÉ ?
HMM... ?
APRÈS ÊTRE ENTRÉ AU LYCÉE, JE CROIS.
NE T'INQUIÈTE PAS ! TOI AUSSI BIENTÔT TU VAS GRANDIR !
GRII
TU ES EXACTEMENT COMME MOI AVANT.
MAIS QU'EST-CE QUI T'ARRIVE ?
TU ES AMOUREUX ?
HÉ ! HÉ !
....
... HMM ...

Je ne sais pas trop…
MAIS J'AI RÉALISÉ QUE J'AVAIS UN REFUGE QUE JE NE POUVAIS ABSOLUMENT PAS CÉDER !
… ET C'EST AINSI QU'UN DE NOS PROTAGONISTES DÉCIDA D'AFFRONTER LES SHIRAHANE…
GRANDE SŒUR !!
POURQUOI TU NE M'AS PAS DIT QUE VOUS ALLIEZ CHEZ LES AIKAWA ?!!
MAIS NE DEVAIS-TU PAS ALLER CHEZ CE PETIT À LUNETTES ?
Petit à lunettes ?
PFF
ET LA FAMILLE SHIRAHANE, AUJOURD'HUI COMME TOUJOURS, SUIT SON PROPRE CHEMIN…
C'est évident que je préfère voir Towa qu'étudier avec Yuki !
END

POSTFACE

ENCHANTÉE, ET BONJOUR ! JE SUIS MEI SAKURAGA. VOICI LA QUATRIÈME SALVE POUR MIKADO ET TOWA ! CELUI-CI EST ENFIN AU COURANT DE LA RELATION ENTRE SHINONOME ET YUKIMURA ! D'AUTANT QUE, PUISQU'ILS SONT DANS LA MÊME SITUATION AMOUREUSE, ILS POURRAIENT DISCUTER ENTRE AMIS ET S'ENTRAIDER, MAIS AVEC CES DEUX-LÀ, C'EST APPAREMMENT IMPOSSIBLE... MIKADO RESTE LUI-MÊME. MÊME SI SON INTELLIGENCE LUI PERMET DE REMARQUER TOUTES SORTES DE CHOSES AUTOUR DE LUI, COMME IL NE LEUR PORTE PAS D'INTÉRÊT, CELA SE TERMINE PAR UN TALENT GÂCHÉ (CE COUPLE EST UN CAS DÉSESPÉRÉ...) ENSUITE, LE DRAMA-CD DE TENDRE VOYOU 6 AVEC KUON ET NANAO A ÉTÉ MIS EN VENTE LE 25 MAI 2011. ALORS, SI VOUS VOULEZ L'ACHETER, J'EN SERAIS TRÈS CONTENTE.

POUR FINIR... JE REMERCIE VRAIMENT MES ASSISTANTS ET TOUTE L'ÉQUIPE DE LA RÉDACTION QUI S'OCCUPENT DE MOI, ET AUSSI TOUS CEUX QUI ONT LU CE MANGA ! JE VOUS SUIS TRÈS RECONNAISSANTE DE ME DONNER VOS IMPRESSIONS. ALORS, JE COMPTE SUR VOUS POUR VOUS REVOIR !

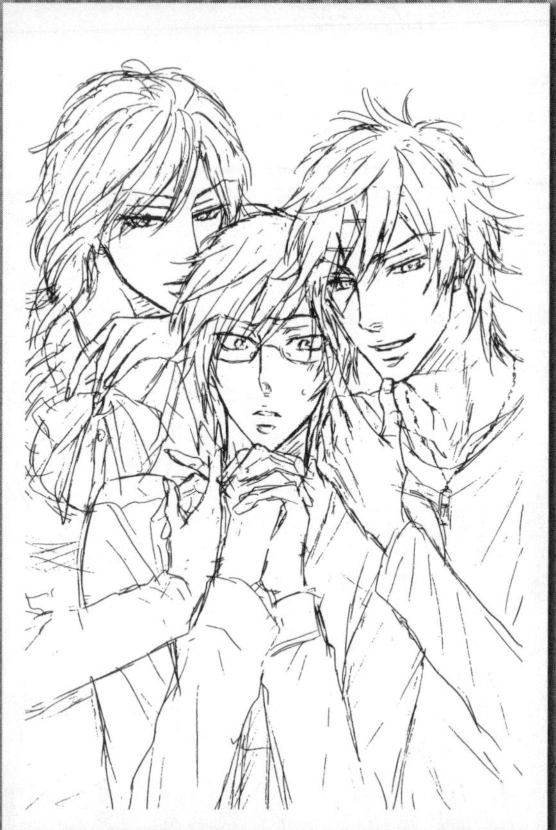

X ANNÉES PLUS TARD... ?

UNE IMAGE POSSIBLE DE NAGAHISA, YÛ ET KIMIKO DANS L'AVENIR...

<<PUISQU'IL EN EST AINSI, AUTANT FAIRE UN MÉNAGE À TROIS !>> SEMBLENT PROPOSER LES DEUX SEME (?!)

ET POUR FINIR, VOICI UNE HISTOIRE COMPLÈTE QUI A DÉJÀ QUELQUES ANNÉES, CAR J'AI LAISSÉ PASSER, IL Y A LONGTEMPS, L'OCCASION DE L'INSÉRER DANS UN DE MES MANGAS.

NE ME TOUCHE PAS

CHAQUE JOUR, JE MENS AU GARÇON QUE J'AIME.
FUÏIT
AH... !
YANO !
ZOUIP

AH !
!!
JE... JE T'AI DÉJÀ DIT DE NE PAS ME TOUCHER ...!!
NINO-MIYA...
GRR
GRR
Il m'énerve !
POURQUOI TU GUEULES POUR ÇA ?
...!
MÊME SI C'EST UN MEN-SONGE...
... C'EST MIEUX QUE S'IL DÉ-COUVRAIT LA VÉRITÉ.
Je...
... JE SUPPORTE PAS QU'ON ME TOUCHE... !
HMPF
Hé !
QU'EST-CE QUI SE PASSE ?!
On a entendu un cri bizarre !

NINOMIYA S'EST RAPPELÉ LE DEVOIR QU'IL FALLAIT RENDRE AVANT 17H !
!?
ARGH !
MOI NON PLUS, JE L'AI PAS FAIT !
......
SI TU T'Y METS MAIN-TENANT, T'AS ENCORE LE TEMPS, NON ?
OU... OUAIS !!
TAP
TAP
VLOUM
He ! He !
......!!
C'EST LA COMBIEN-TIÈME FOIS, LÀ ?
SOIS RECONNAIS-SANT ! ♪
TOUT ÇA...
ÇA ARRIVE PARCE QUE TU ME TRIPOTES... !!
SINON...
?
CROC

... JE NE DEVIENDRAI PAS «COMME ÇA».
BON !
PAR AMITIÉ ENVERS UN COPAIN DE CLASSE....
QUAND JE SERAI AVEC TOI, JE TE PROTÈGERAI !
... SAUF DE LUI...
BODOM
ドキ
... C'EST ...
C'EST VRAI... ?!
OUAIS ...
ET PUIS ...
C'EST QUOI, CE REGARD MÉFIANT ?

tiens
LA GLACE DE LA PROMESSE !
PLIC
!?
JE TE LA DONNE !
......
TU... TU ME LA DONNES...
QU'EST-CE QU'IL VEUT QUE J'EN FASSE... ?!
... ÇA M'EMBÊTE...
PLOC
ポタ
GRIP
... HÉ !
TU FAIS QUOI ?

......
ÇA FOND !
SLURP
GLOUPS
UH... !
PFFF
HÉ ! HÉ !
SWAP
T'ES VRAIMENT MARRANT !
!!
FLOP
C'EST DRÔLE QU'IL Y AIT QUE MOI QUI L'AIE REMARQUÉ...

ズキ
SCHTAC
JE...
JE ME SENS...
......
UN PEU COUPABLE...
JE NE SUIS PAS TON JOUET... !
... SI ON ESSAYAIT DE BAISER, PLUTÔT ?
HEIN ... ?
J'PARLE SÉRIEUSE-MENT.
PARAÎT QUE C'EST MEILLEUR QU'AVEC UNE FILLE !
Hé ! Hé ! Hé !
!!
QUOI ... ?!
... ET PUIS...
T'AS PAS DE COPINE, NINOMIYA ?

...
C'EST PAS POSSIBLE...!
......
POUR L'INSTANT...
JE N'EN AI PAS...
......
MOUAIS...
BEN...
T'AS PLUS UNE TÊTE À TE FAIRE BAISER... !
ムカッ
GRR
QU'IL EST GROSSIER, CE MEC !
HEIN...
NINO-MIYA !

SI UN AUTRE MEC REMARQUAIT ÇA...
... ET QU'IL TE TRIPOTAIT, TU FERAIS QUOI ?
FWAP
... UH.
A...
ALORS ...
Euh...
TU ME PROTÈGERAIS, NON... ?!
....
J'CROIS QUE...
TU VAS BIENTÔT TE FAIRE DÉVORER... ET SERVIR DE JOUET...
À QUELQU'UN DANS MON GENRE...
PRESS

... YA...
GRIP
......
YA...
FRR
... NO...
FRR
HA !
!
AH...
Dé...
DÉ-SOLÉ... JE... !
J'peux pas...
POC
BRR
PAR-DON...
... DIS...

ON BAISE ?
HUP
TCHAC
QUOI ?!
A... ARRÊTE... !
VLAK
JE...
JE NE VEUX PAS TE DEMANDER D'ALLER JUSQUE-LÀ...
IL NE FAUT PAS ALLER PLUS LOIN.
AH OUI... ?
ALORS À QUI TU VAS DE-MANDER ?!

BODOM
... HEIN ... ?!
C'EST ... C'EST PAS LA QUESTION, NON... ?!
PARCE QUE JE SUIS SÛR...
QU'APRÈS, ÇA SERA DUR...
SCHLAP
UH !
NO...
NON, JE NE VEUX PAS... !
!!
PAF
TCHAC
BODOM
UH... ......
!
AH...
!...
YA...

!
DING
DONG
DANG
... YANO.
SWIP
UH...
TU M'EM-
MERDES !
MOI...
MÊME S'IL
FAISAIT ÇA PAR
CURIOSITÉ, ÇA
M'ALLAIT.
CAR JE
VOULAIS
JUSTE ÊTRE
AVEC LUI.

ET POURTANT...
ÇA AUSSI, EST-CE TERMINÉ ?
NINOMIYA !
VOILÀ ! COMME ÇA, C'EST NORMAL !
HEIN ...?
ZOUIP
Merde !
IL S'EST FOUTU DE MOI, L'AUTRE !
IL M'A DIT QU'UNE GAUFRETTE COMME MOI N'AURAIT PAS DE SUCCÈS À LA PLAGE !
Ouin !
Tu trouves pas ça cruel ?! Mon camarade non sportif !!
PALPE
......
QUAND UN AUTRE ME TOUCHE...
... JE NE RESSENS RIEN...
GRIP
HÉ ! REGARDE !

TU VOIS QUE JE SUIS NOR-MAL !
YANO !
Ah !
Ça.. ÇA SUF-FIT !
Hein ? Ah, pardon !
PAH
GLOUPS
... JUSQU'À MAINTENANT...
... ÇA TE DÉGOÛTAIT TANT QUE ÇA QUE JE TE TOUCHE ?!

QUELLES QUE SOIENT SES MOQUERIES...
CE N'ÉTAIT PAS SI DUR.
MÊME SI J'ÉTAIS EN COLÈRE, JE N'ÉTAIS PAS TRISTE.
SERRE
......
YANO ...
... MOI...
JE L'AIME VRAIMENT...
SALLE D'ÉTUDE

GROC
かし!
... HÉ !
T'APPROCHE PAS PLUS !
UH !
OUPS
!
JE T'AURAI AVERTI !
FWIP

GRIP
?
... QU'EST-CE QUE TU VEUX ... ?
TU COMPRENDS PAS CE QUE JE DIS ?
SHRRR
TU VEUX PAS QUE JE TE TOUCHE, HEIN ?

GRIP
ぎゅう…
GULP
ぴく…
……

UH...
YA...
... NO ...
......
... NINOMIYA !
ICI !
... ASSIEDS-TOI !
BODOM
!
......

......
DU BOUT DES FESSES
AAAAH !
POUF
AT-CHOUM ... !
PFFF
BODOM
!?
SI ...
SI ON CHANGEAIT DE POSITION... ?!
QUOI ?!
SMACK
TOUCHER TA PEAU, C'EST SUPER AGRÉABLE.
... T'ES UN MEC, TOI, NON ?!
QU'EST-CE QU'IL VEUT DIRE... ?!
BRR
... TU ME SENS DANS TON DOS, HEIN ?
BODOM
... UH !
BODOM
É... ÉVIDEMMENT !
GLOUPS

C'EST VRAI...
... TU LE SAIS, POURTANT...
... J'AI TELLEMENT ENVIE QUE TU ME TOUCHES...
QUE C'EN EST INSUPPORTABLE... !
GRASP

PLIC
!?...
AH... !
Ya...
YANO... !
PLIC
PLIC
BODOM
PLIC
PLIC
FLAP
... OH ... ?
AR-RÊTE ...
C'EST TROP ... !
NE REGARDE... PAS... !
JE SAVAIS BIEN QUE T'AVAIS UNE BELLE PEAU !
UH.

PFF
AH OUI ... ?
UH.
BRR
AH...
EN FAIT, JE DOIS PAS TE REGARDER ?!
AH.
... DÉBAUCHÉ !
BLUSH
!
CE...
C'EST ...
C'EST FAUX... !
PFF
ALORS QUE T'ES DANS CET ÉTAT-LÀ... ?
GRIP
POUR... MOI...
FF
IL N'Y A QUE TOI, YANO... !

MM...
... mf!
... UH.
GRIP
!
HMM ...!
TCHAC
YANO...
Hmm.
UH!
BRR
BODOM
SMACK
FF
PFF... !
Tes lunettes font mal...
BODOM
YA... NO...
(ff)

HII… !
C'est froid !
SPLATCH
BRR
!?
BRR
QUE… QU'EST-CE QUE TU FAIS… ?!!
Avec ça… ?!
PLATCH
… LE FROID DE LA GLACE…
C'EST AGRÉABLE, HEIN ?!
VLAK
… PAS DU…
UH !
SLUP
BRR
ROLL
AH
HAN
……
NINO-MIYA !
TU ES…
CARRÉMENT DÉLICIEUX !
ZOUIP
BRR

SLURP
...!
BRR
SCHLURP
SCHLURP
CLANG
AH !
Non.
AH !
HAN... !
BRR
HÉ ! HÉ !
...
QUELLES CHOSES ADORABLES TU DIS !
SLOP
FLATCH
NE...
NE METS PAS... DE GLACE, LÀ !
BRR
BRR
AH !
Hmm.
... TOI...
UH...
... J'EN
... PEUX VRAIMENT PLUS...
SLIP
BRR

FLAC
AH... !
... UH !!
BRR
FF
AH.
HAN !
FF
SLOP
BRRR
......
FLAC
BRR
BRR
SPLOTCH
Han !
... YANO... YANO... ! JE... VAIS FAIRE QUOI... MOI... ?
HEIN ... ?
GNIP
ÇA... C'EST PAS NORMAL... !
UH
BOUH
F... FINALEMENT, JE... JE SUIS... PEUT-ÊTRE UN DÉ... DÉBAUCHÉ... !
BOUH... HOU...
Ah.
SNIF
!

PFF
T'INQUIÈ-TE PAS...
FLATCH
JE M'OC-CUPERAI TOUJOURS DE TOI... !
FLAC
BRR
QUOI ... ?
Hun !
AH... !
BRR
SPLITCH
... !!
AAH, J'EN PEUX PLUS...
QUE VIENT-IL DE DIRE ? J'AI PAS ENTENDU...
... J'AI POURTANT L'IMPRESSION QU'IL A DIT QUELQUE CHOSE D'INCROYABLE...

... FINALE-
MENT ...
T'ES CARRÉMENT PLUS DÉLICIEUX QUE LA GLACE !
キッパリ
CATEGORIQUE
!!
SLUP
ぺろ
BLUSH
かあっ
ばっ
FWAP
YA...
YA-NOOO ... !
Tu te moques encore de moi... !
HMM ... ?
Y'A UN TRUC QUI TE CHIF-FON-NE... ?
Tiens... ?

EN TOUT CAS, J'AI COMPRIS...
AAH...
QUE SES MOQUERIES, ET SES REPROCHES...
JE VEUX ENCORE PLUS TE MANGER...
... N'éter-nue pas !
C'EST AVEC ÇA QUE YANO EXPRIME SON AMOUR.
Je peux si j'te colle pas, non ?!
... VOILÀ TOUT.
END

Le dernier tourment en date de Towa Aikawa, le voyou un peu idiot, est sa relation indéfinissable avec Mikado Shirahane, le diabolique président du Conseil des élèves. Ils s'embrassent, et bien plus... mais, est-ce de l'amitié ?! Préoccupé, Towa commence un petit boulot en cachette de Mikado pour oublier ses soucis. Mais il surprend son ami Shinonome et le vice-président Yukimura en train de s'embrasser...!
« Comment... ?!! On peut avoir un garçon comme "amoureux"... ?! »

Et en bonus dans le nouveau volume de la série lycéenne à succès « La magnifique vie de la famille Shirahane », ainsi qu'une petite histoire complète !

POUR PUBLIC AVERTI

TAIFU comics

ATTENTION !

Cette bande-dessinée est publiée dans son sens de lecture original japonais, les bulles se lisant de droite à gauche.

Vous êtes donc ici à la FIN !

WARUI KOIBITO JYA DAME?

Originally published in Japan in 2011 by HOUBUNSHA, Tokyo.
French translation rights arranged with HOUBUNSHA, Tokyo, through TOHAN CORPORATION, Tokyo.

Dépôt légal à parution
ISBN 978-2-35180-534-3

Directeur de collection : Yves Huchez

Traduction : Emilie Nogaro
Correction et adaptation : Marie Hervé

Conception graphique : Jef.Mod
Adaptation graphique et lettrage : Jef.Mod

Imprimé en France par Imprimerie Jouve

Profile

Towa Aikawa

DATE DE NAISSANCE : 25 mars

SIGNE DU ZODIAQUE : Bélier

GROUPE SANGUIN : 0

POINTS FORTS : Le sport

CE QU'IL AIME : Manger, dormir, s'amuser

CE QU'IL DÉTESTE : Les remontrances, les interros

UN MOT À SA FAMILLE :

À Nagahisa : Arrête de me dire «gentil garçon» en public. Ça me fait honte.

À Kuon : Ne mets pas les jeux vidéo sur niveau difficile sans me demander.

Mikado Shirahane

DATE DE NAISSANCE : 12 juin

SIGNE DU ZODIAQUE : Gémeaux

GROUPE SANGUIN : AB

POINTS FORTS : Intrigues, plaisanteries

CE QU'IL AIME : Le toit

CE QU'IL DÉTESTE : Les sourires flatteurs, les poivrons

UN MOT À SA FAMILLE :

À Kimiko : Arrête d'obliger mon grand frère à se déguiser.

À Nanao : Ne te faufile plus dans mon lit pendant la nuit.

TENDRE VOYOU 7